Illustrations de

Ron Broda

Texte de

Chris McGowan

Texte français de

Hélène Pilotto

DINOSAURE

Déterrons un géant

Éditions Scholastic

À Cory, un jeune
homme à l'esprit curieux.
– C.M.

À Dylan, le tout dernier
dinosaure de
la famille Broda.
– R.B.

Les illustrations de ce livre ont été faites à l'aquarelle et à partir de sculptures de papier,
dont chaque couche a été découpée, pliée, peinte et collée, avant d'être intégrée à un décor.
Les sculptures ont ensuite été soigneusement éclairées et photographiées.

Le texte a été composé en caractères Catull medium de 17 points.

Photographies : William Kuryluk

Catalogage avant publication de la Bibliothèque nationale du Canada

McGowan, C., 1942-
Dinosaure : Déterrons un géant / Chris McGowan ; illustrations de Ron Broda ;
texte français de Hélène Pilotto.

ISBN 0-439-96777-5

1. Dinosaures–Ouvrages pour la jeunesse. 2. Fouilles paléontologiques–Ouvrages pour la jeunesse.
I. Broda, Ron II. Pilotto, Hélène III. Titre.

QE862.D5M2514 2004   j567.9   C2003-905967-7

Édition publiée par les Éditions Scholastic, 175 Hillmount Road, Markham (Ontario) L6C 1Z7 CANADA.

6 5 4 3 2 1   Imprimé au Canada   04 05 06 07 08

Que fait cet os dans ta cour? De quel animal provient-il? S'il est très vieux, il pourrait provenir d'un animal de la période glaciaire, comme le chat des cavernes ou le mammouth. Mais s'il est encore plus ancien, ce pourrait être un os de dinosaure! Pour le savoir, tu dois creuser davantage et bien l'examiner... comme le font les paléontologues.

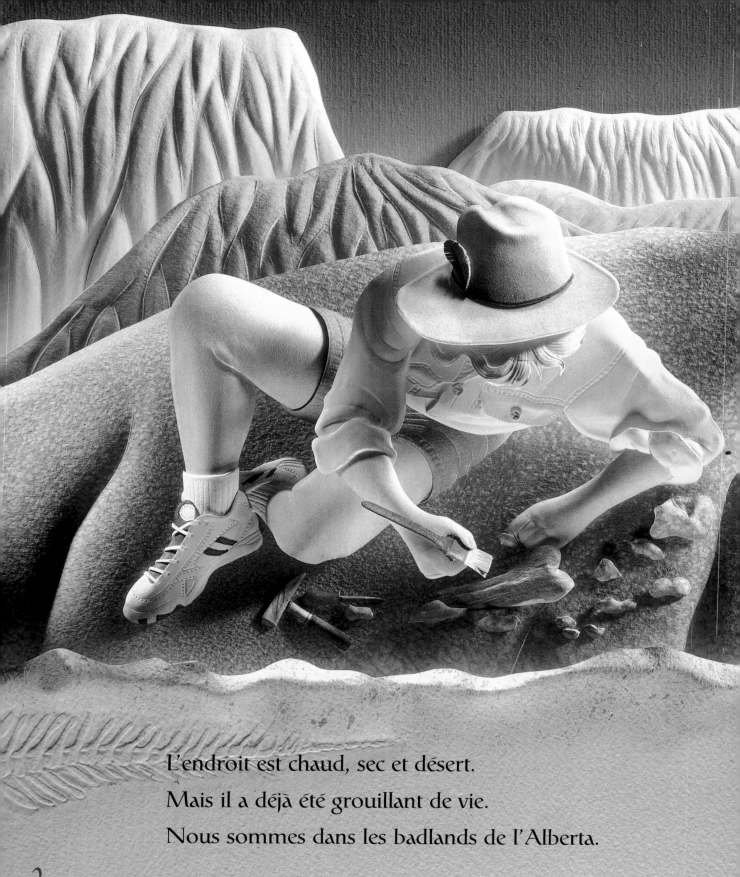

L'endroit est chaud, sec et désert.

Mais il a déjà été grouillant de vie.

Nous sommes dans les badlands de l'Alberta.

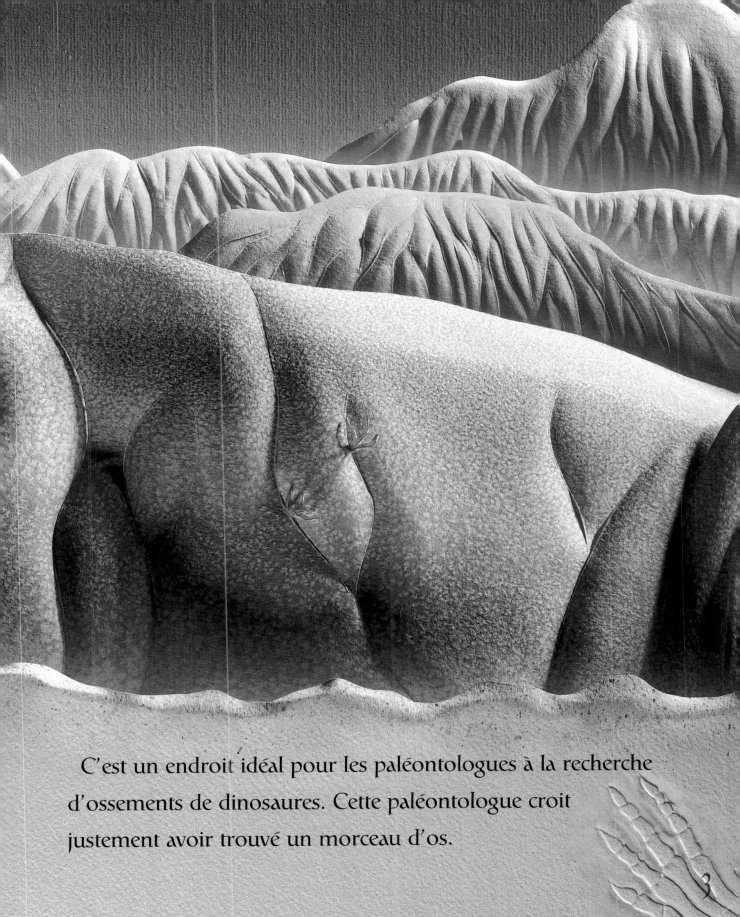

C'est un endroit idéal pour les paléontologues à la recherche
d'ossements de dinosaures. Cette paléontologue croit
justement avoir trouvé un morceau d'os.

3

Elle brise la pierre petit à petit pour dégager l'os.

La partie visible est ronde et de la taille d'un poing.

Elle creuse encore et voit qu'il s'agit d'un fémur, un os de la jambe.

Elle continue de creuser. Le squelette apparaît
peu à peu. Quelle sorte de dinosaure est-ce?

5

D'après la taille et la forme de l'os, la paléontologue pense qu'il s'agit d'un hadrosaure. Les hadrosaures, ou dinosaures à bec de canard, se nourrissaient de plantes. Il y a eu plusieurs espèces d'hadrosaures.

Mais ce pourrait aussi bien être un cératopsien, ou dinosaure à cornes. Ceux-là avaient une crête osseuse derrière leur crâne.

Pour le savoir, la paléontologue doit creuser davantage.

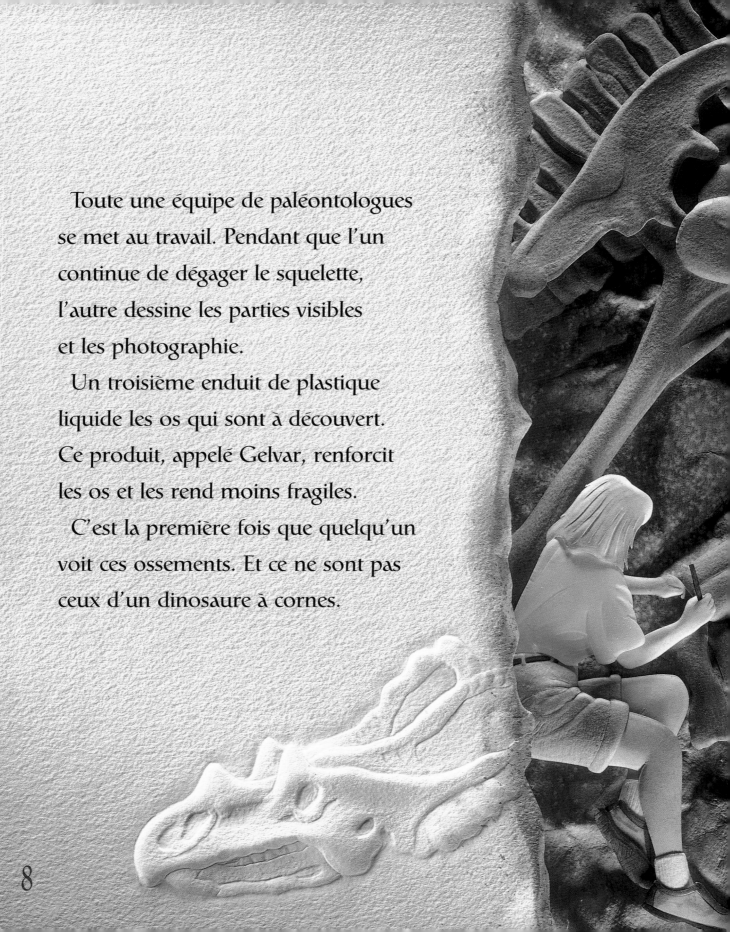

Toute une équipe de paléontologues se met au travail. Pendant que l'un continue de dégager le squelette, l'autre dessine les parties visibles et les photographie.

Un troisième enduit de plastique liquide les os qui sont à découvert. Ce produit, appelé Gelvar, renforcit les os et les rend moins fragiles.

C'est la première fois que quelqu'un voit ces ossements. Et ce ne sont pas ceux d'un dinosaure à cornes.

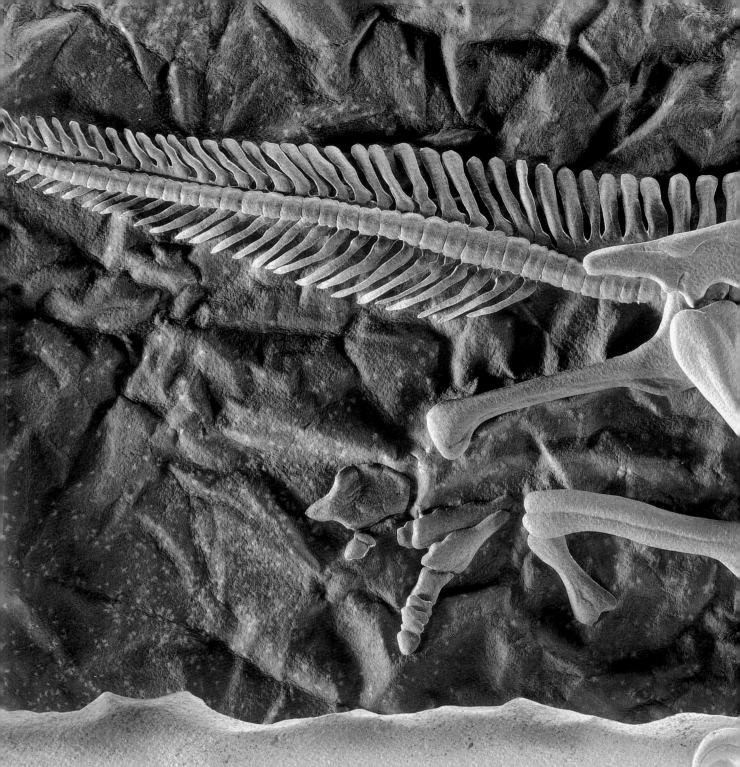

Presque tout le squelette est dégagé. C'est bien un hadrosaure.
Mais les scientifiques ne peuvent pas dire de quelle sorte il s'agit
tant que le squelette n'est pas complètement déterré.

C'est peut-être un dinosaure à tête aplatie du genre
de l'anatosaure.

11

L'anatosaure mesurait environ 8 mètres. Il vivait à l'époque
du crétacé, il y a 75 millions d'années.

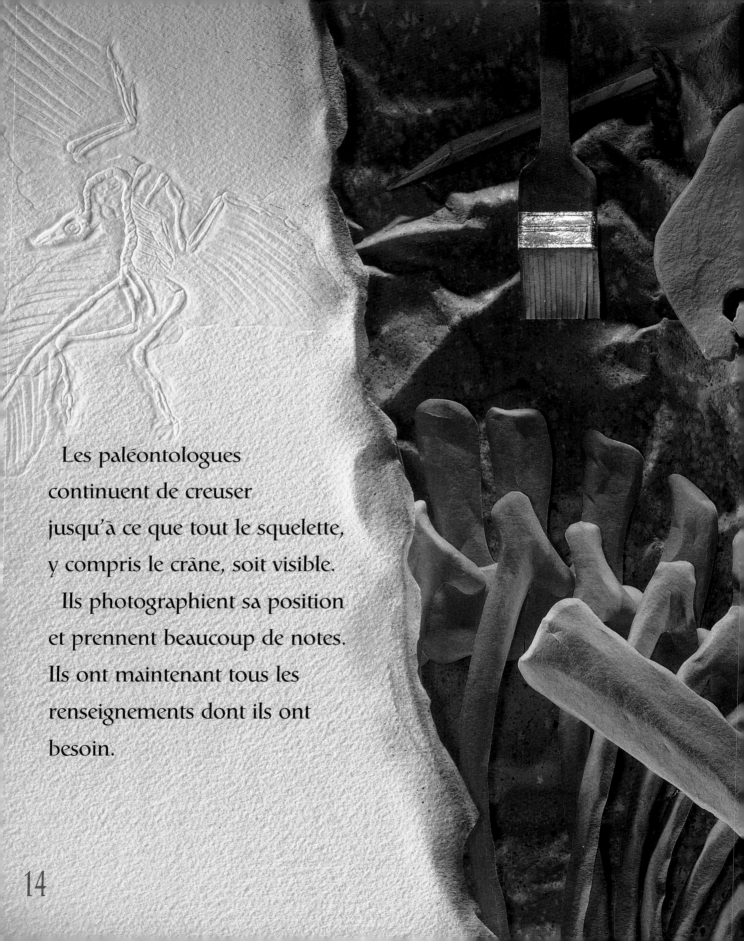

Les paléontologues
continuent de creuser
jusqu'à ce que tout le squelette,
y compris le crâne, soit visible.

Ils photographient sa position
et prennent beaucoup de notes.
Ils ont maintenant tous les
renseignements dont ils ont
besoin.

La forme du crâne confirme qu'il ne s'agit pas d'un parasaurolophe. Cette espèce d'hadrosaure avait une crête beaucoup plus longue, qui contenait une sorte de tube en forme de U. Le dinosaure l'utilisait probablement pour produire des sons puissants, un peu comme on le ferait en soufflant dans un trombone.

Il ne s'agit pas non plus d'un edmontosaure, car ce dernier n'avait aucune crête.

C'est le squelette d'un corythosaure. Ce dinosaure avait, sur
la tête, une crête creuse rappelant la forme d'un frisbee. Quand
il respirait, l'air passait par sa crête avant d'atteindre sa gorge.
Maintenant que le squelette est dégagé, il faut le ramener
au musée.

19

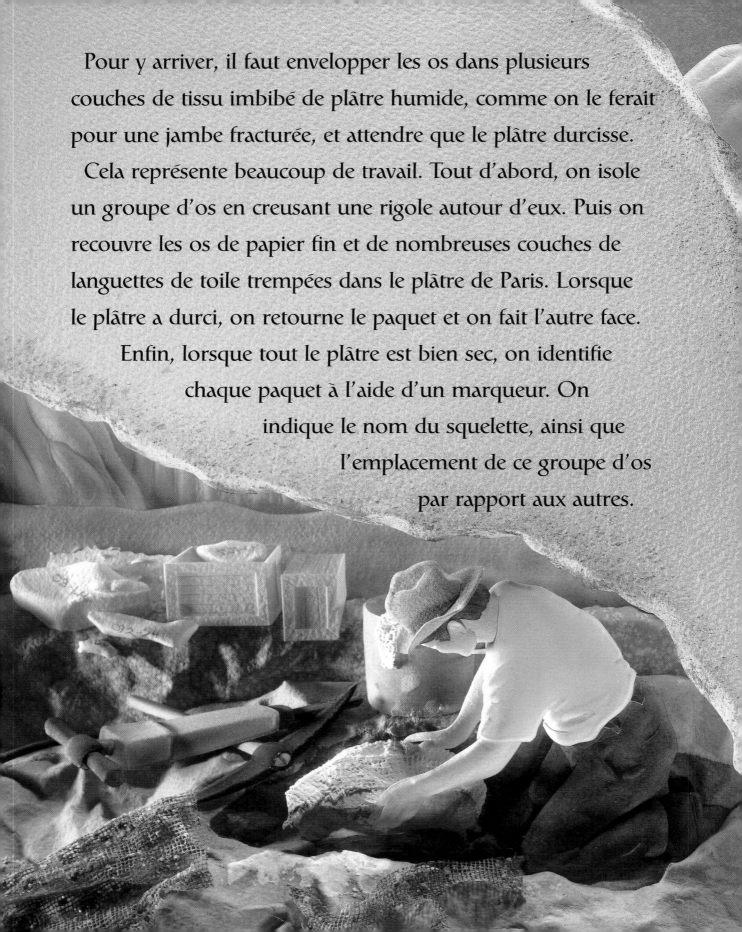

Pour y arriver, il faut envelopper les os dans plusieurs couches de tissu imbibé de plâtre humide, comme on le ferait pour une jambe fracturée, et attendre que le plâtre durcisse.

Cela représente beaucoup de travail. Tout d'abord, on isole un groupe d'os en creusant une rigole autour d'eux. Puis on recouvre les os de papier fin et de nombreuses couches de languettes de toile trempées dans le plâtre de Paris. Lorsque le plâtre a durci, on retourne le paquet et on fait l'autre face.

Enfin, lorsque tout le plâtre est bien sec, on identifie chaque paquet à l'aide d'un marqueur. On indique le nom du squelette, ainsi que l'emplacement de ce groupe d'os par rapport aux autres.

Quand toutes les pièces du
squelette sont au musée, les paléontologues
poursuivent leur travail au laboratoire. Ils ouvrent les paquets et
enlèvent délicatement, à l'aide d'instruments spéciaux, la roche qui
adhère encore aux os. Ils appliquent une nouvelle couche de Gelvar
pour solidifier davantage les os et réparent chaque éclat en le recollant.
Ils peuvent maintenant procéder à l'étude des os et à la reconstruction
du squelette.

Les techniciens sont très habiles à faire cette tâche. Ils ont déjà construit plusieurs spécimens pour la galerie des dinosaures.

Ils travaillent aussi à une galerie destinée aux mammifères de la période glaciaire. Le squelette du mammouth est le plus grand de tous.

Les mammouths, des cousins des éléphants, ont vécu il y a plus de 10 000 ans. Leur fourrure épaisse les gardait au chaud.

Les chats des cavernes étaient des carnivores. Ils utilisaient leurs dents très longues pour attaquer leur proie.

Voilà maintenant plusieurs mois que les
techniciens travaillent à reconstituer le squelette
du corythosaure. Ils fixent les os à une structure
en acier. Elle doit être solide, car les os sont lourds.
Les techniciens s'assurent qu'ils placent chaque os au bon
endroit et dans la bonne position.

25

Comment le corythosaure est-il mort? Il a peut-être été
la proie d'un tyrannosaure.

À cette époque, des plésiosaures au long cou, comme
l'hydrothérosaure, vivaient dans la mer.

Des ptérosaures géants, comme le ptéranodon, planaient
dans le ciel.

On ne sait pas avec certitude ce qui a causé la mort de ce corythosaure. Mais, plus d'un an après qu'un petit bout d'os a surgi du sol, des paléontologues et des techniciens l'ont fait renaître!

Ce que tu aimerais savoir...

De quelle couleur étaient les dinosaures?

C'est une question qui revient souvent et à laquelle on ne peut pas répondre. Mais on connaît l'aspect de la peau de certains dinosaures, grâce aux empreintes qu'ils ont laissées dans le sol. Les hadrosaures, par exemple, avaient une peau granuleuse. En recueillant l'empreinte laissée par le corps du dinosaure, le sol a servi de moule naturel. Avec le temps, le sable s'y est introduit et les grains se sont soudés les uns aux autres, formant un moulage en grès de la peau du dinosaure.

Comment sait-on quelles plantes poussaient au temps des dinosaures?

Les végétaux ont laissé, eux aussi, des fossiles dans la pierre, mais la plupart des renseignements à leur sujet nous ont été fournis par de microscopiques grains de pollen, ces vilaines petites choses responsables de la fièvre des foins! Chaque espèce de plante possède un grain de pollen distinctif et identifiable. Les paléontologues broient des échantillons de roche et, à l'aide d'un acide puissant, les dissolvent pour en extraire les grains de pollen. En examinant ceux-ci au microscope et en les comparant avec des espèces de plantes toujours vivantes, les scientifiques réussissent à les identifier et à avoir une bonne idée de ce qui poussait à l'époque des dinosaures.

Peut-on savoir, d'après ses os, si un dinosaure est un mâle ou une femelle?

Pas avec certitude, mais il arrive que l'on ait des indices. Dans le cas du tyrannosaure, par exemple, certains des squelettes sont grands et gros, alors que d'autres sont plus petits et plus minces. On pense que les plus grands sont des femelles. D'ailleurs, chez les oiseaux de proie, comme les aigles et les faucons, on observe que les femelles ont un squelette plus grand et plus lourd que celui des mâles. C'est tout le contraire chez l'être humain, où l'homme a une plus grosse ossature que la femme.

Pourquoi trouve-t-on tant d'ossements de dinosaures en Alberta?

Dans certains coins de l'Alberta, et particulièrement aux environs de Drumheller, les conditions climatiques étaient parfaites pour préserver les os des dinosaures après leur mort. Les os doivent être enterrés rapidement pour bien se conserver. Sinon, ils risquent d'être brisés par les charognards. Il y a 75 millions d'années, beaucoup de dinosaures vivaient dans les environs de Drumheller et de nombreuses rivières y passaient. Si un dinosaure se noyait en traversant l'une d'elles, son corps coulait au fond et était peu à peu recouvert de vase.